Aus den Tiefen einer Sieben

Für die Frau
mit dem großen Herzen voller Liebe,
meine geliebte Gaby.

Hans Pronath

Aus den Tiefen einer Sieben

Chance und Grenzen des Optimismus

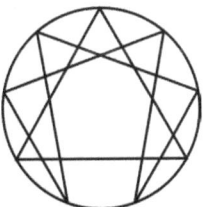

Bibliografische Information der Deutschen Nationalbibliothek:
Die Deutsche Nationalbibliothek verzeichnet diese Publikation in
der Deutschen Nationalbibliografie; detaillierte bibliografische Da-
ten sind im Internet über http://dnb.d-nb.de abrufbar

© April 2007 Hans Pronath
Umschlaggestaltung: Hans Pronath
Herstellung und Verlag: Books on Demand GmbH, Norderstedt
Printed in Germany

ISBN 978-3-8334-9306-5

Inhaltsverzeichnis

Begleittext

Auch wer das System des "Enneagramms der Charaktermuster" noch nicht kennt, wird mit Gewinn Hans Pronaths "Aus den Tiefen einer SIEBEN" lesen. In den Texten kommt ein persönlicher Entwicklungsweg zum Ausdruck, der auch das Dunkle und Schwierige des Individuationsprozesses nicht vermeidet und nicht beschönigt und der doch durchzogen ist von jenem schier unerschütterlichen Vertrauen in die guten Lebenskräfte, das man in der Tiefe des Charaktermusters SIEBEN finden kann - jenseits von Angst und Schmerz. Ich musste beim Lesen an einen Satz von Carl Rogers, dem Begründer der personzentrierten Psychotherapie, denken: "Das Allerpersönlichste ist das Allgemeinste". In diesem Sinn laden die Texte dieses Bandes dazu ein, sich zu identifizieren und sich wiederzufinden in diesen ganz persönlichen Aussagen.

Hans Neidhardt, Autor (mit Maria-Anne Gallen) von
"Das Enneagramm unserer Beziehungen", Rowohlt 1994

Anmerkung zur neuen deutschen Rechtschreibung

Die Modemacher wechselten, zu Anfang der 70er Jahre des vergangenen Jahrhunderts, in zwei aufeinander folgenden Jahren, die Rocklänge von extrem „Mini" zu extrem „Maxi". Das Ergebnis war, dass die Frauen bis zum heutigen Tag Mini neben Maxi tragen, je nach Gusto und (hoffentlich) Figur.

So geht es mir mit der neuen deutschen Rechtschreibung. Ich finde viele Elemente dieser so genannten Reform überzogen bzw. nicht nachvollziehbar. Deshalb bin ich so frei und verwende neue Elemente, wenn sie mir logisch erscheinen. Jene, die ich für unpassend oder gar lächerlich halte, ersetze ich durch das gewohnte Wortbild. Das Ziel der „Reform" war doch Vereinfachung, oder?

Vom „sz" = „ß" habe ich mich verabschiedet. Erstens betrachte ich diesen Buchstaben als Anachronismus, der aus der altdeutschen Schrift stammt, zweitens kann ich keine Vereinfachung darin erkennen, dass manche Wörter mit „ss" andere wieder mit „ß" enden sollen.

In der Anrede soll ich „Sie" grundsätzlich gross schreiben, „Du" jedoch in der Regel klein. Ich bringe aber gerne den Menschen die mir nahe stehen das gleiche Mass an Respekt und Achtung entgegen, wie Fremden oder so genannten „Respektspersonen"!

Dankeschön

Allen Menschen, die mich auf meinem bisherigen Lebensweg begleitet haben, von denen ich lernen und an welchen ich wachsen konnte, danke ich. Meiner ersten Frau danke ich für die schönen Jahre, die ich zusammen mit ihr und unseren Kindern verbringen durfte. Von Herzen danke ich meinem „Sandkorn". Es liess mich auch in der schwierigen Zeit der Veränderung Vater und Freund sein.

Als ich nach 27 Jahren Ehe das dringende Bedürfnis verspürte mich zu ändern, weil ich mit meiner Lebensführung nicht mehr einverstanden sein konnte, fand ich in Hans Neidhardt einen sensiblen (enneagramm-orientierten) Therapeuten. Er stellte mir entscheidende Fragen und gab damit wichtige Denkanstösse. Für die dadurch initiierte Entwicklung und für das Begleitwort zu meinen Texten bin ich Hans sehr dankbar.

Heute erscheint es mir schizophren, eine nicht mehr funktionierende Ehe um jeden Preis aufrechterhalten zu wollen. Durch die Betreuung von Dr. Ansgar Ehrlich (katholische Ehe-, Familien und Lebensberatung) habe ich in dieser Phase Klarheit gewonnen. Vergelt's Gott!

Freunden und Bekannten, welche als Sponsoren die Finanzierung dieses Buchprojektes unterstützt haben, danke ich für ihr Engagement, auch wenn ich Sie hier nicht alle namentlich nennen kann. Meiner grossen Schwester Gerti danke ich zudem für die Anregungen beim Rückblick auf unsere Kindheit.

Meiner geliebten Gaby danke ich für Ihre Liebe und Offenheit, sowie für die Freiräume und die Unterstützung, die sie mir während meiner Arbeit an diesem Projekt gewährte. Ihr und Rudolf danke ich auch für das Korrekturlesen des Manuskriptes und für die guten Tipps.

Dem BoD-Verlag, mit seinem phantastischen Online-Angebot, ist es zu verdanken, dass meine Texte überhaupt veröffentlicht werden konnten.

Meinem Schöpfer danke ich dafür, dass ich glauben, hoffen und lieben kann.

Schreibzwang

ich bin voll
es quillt über
ich muss es aufschreiben

gestern abend im bett die entscheidung
lässt du die hand los und stehst auf
oder wartest du mit dem überquellen bis morgen

ich habe gewartet bis übermorgen
denn morgen war gestern
wie auch immer – ich quelle

Prolog

Was ist eine „Sieben"

Hallo! Ich freue mich, dass ich meine Gedanken und Gefühle mit Dir teilen darf. Ich denke es ist okay dass wir uns duzen, denn wir kommen uns in diesem Buch sehr nahe.

Du kennst das Enneagramm schon? Ja?.

Du darfst jetzt in die, vermeintlich nicht vorhandenen, Tiefen einer „Sieben" gucken.

Du kennst das Enneagramm nicht?

Das Enneagramm ist ein empirisches Persönlichkeiten-Modell, das alle vorkommenden Charaktere mit neun Verhaltensmustern verblüffend zutreffend beschreibt. Der Ursprung wird häufig den Sufis zugeschrieben, einer mystischen Wurzel der abrahamitischen Religionen, insbesondere des Islam. Was die Sufis für mich so sympathisch macht, ist ihre Weigerung religiöse Institutionen zu gründen. Der Name Enneagramm leitet sich von der Zahl neun und der symbolischen Darstellung der neun Muster und Ihrer Interaktionen ab. Ich habe mich beim Verhaltensmuster „Sieben" dieses Systems gefunden.

Wir „Siebener" werden im Allgemeinen als die geborenen Spassmacher beschrieben. „Siebener" verbreiten Frohsinn und gute Stimmung. Nichts scheint sie zu bedrücken. Immer gut drauf, die Kinder scharen sich um diese Menschen wie Motten ums Licht. „Siebener" springen wie Schmetterlinge von einer Blüte zur anderen. Keinen

Reiz, keine Fete, keinen Genuss auslassen und immer zuviel von allem. So genannte ernsthafte Menschen empfinden „Siebener" als oberflächlich und unzuverlässig. Ihnen scheint ja alles nur um die Show zu gehen. Einen Menschen dieses Charaktermusters kennen zu lernen empfinden Viele angeblich als interessant, aber unverbindlich. Die Enneagramm-Literatur gestattet den „Siebenern" kaum Tiefgang.

Die Grundenergie der „Sieben" ist die Angst. Nicht etwa die, im Alltag deutlich erkennbare, Angst vor den Gefahren die uns vom Leben und der Umwelt drohen. Es ist die latente Angst, etwas falsch zu machen und deshalb nicht geliebt zu werden. Bei mir erzeugte das eine Harmoniesucht, welche mir den Blick auf meine eigenen Bedürfnisse lange verstellt hat. Ein zwanghafter Altruismus sozusagen.

Wenn Du mehr über das „Enneagramm" erfahren willst: Aus den inzwischen ca. 90 deutschsprachigen Büchern empfehle ich die „Urmutter" oder den „Überflieger":

„Das Enneagramm, 9 Gesichter der Seele", von R.ichard Rohr (amerikanischer Jesuit) und Andreas Ebert (luth. Pfarrer). Meines Wissens das erste deutschsprachige Enneagramm-Buch. Übertragung in die christliche Welt. Daraus ist auch die oben stehende Zusammenfassung sinngemäss entnommen. ISBN: 978-3532622452.

„Ein Lernbuch", nennt der Psychologe Wilfried Reifarth, sein Werk **„Das Enneagramm, Idee, Dynamik, Dimensionen"**. Der Autor baut auf internationaler und deutscher Literatur auf. Mit Sufi-Anekdoten und -Gleichnissen. ISBN: 978-3170067813.

Ich freue mich wenn Du mir schreibst:
Hans Pronath
Weichselleite 10
90587 Obermichelbach

Beschimpfungen bitte an: hans@pronath-gbr.de
Das erleichtert die Entsorgung ☺.

So fing es an

Im ersten Nachkriegsjahr, 1946, wurde ich in das Milieu der Arbeiter und einfachen Beamten hineingeboren. Meine ältere Schwester und ich mussten weder hungern noch frieren. Angemessen gekleidet waren wir auch.

Die Prügelstrafe war noch gesellschaftsfähig. Dennoch war mein Vater kein brutaler Schläger. Ich kann sogar sagen: Im Rahmen ihrer Möglichkeiten hatten wir liebevolle Eltern. Sie waren zu sehr mit sich und ihren eigenen Problemen beschäftigt um ihr Verhalten zu reflektieren. Das hatte sie auch niemand gelehrt. Es ist die Generation, welche um ihre Jugend betrogen wurde, verblendet von der Idee des Herrenmenschen und des unfehlbaren Führers. Glücklich, die Katastrophe des 2. Weltkrieges unversehrt überstanden zu haben.

Den Wohnungsschlüssel trug ich an einer Schnur um den Hals. Mutter musste in der Fabrik arbeiten, um Vaters Hobbies und den bescheidenen „Nierentisch-Luxus" der 50er Jahre zu finanzieren. Dieser Finanzbedarf gestattete ihrer Schwiegermutter, kräftig in die Ehe hineinzuregieren, zu Mutters Ungunsten.

Ich gehöre zur so genannten 68er Generation. Die Exzesse habe ich nicht mit gelebt, abgesehen von einigen braven Demos, unser unmittelbares studentisches Umfeld betreffend. Ich war bürgerlich angepasst. Der Protest fand mehr in mir selbst statt. Die Gesellschaft zu verändern lag mir fern. Meine Lebensumstände wollte ich verändern, es besser machen als die Eltern.

Finanziell unabhängig wollte ich sein und ein neues Familien-Fundament setzen. Letzteres ist mir gründlich misslungen. Als unverbesserlicher Optimist habe ich trotz einer problematischen, Freundschafts- und Verlobungszeit sehr jung geheiratet. Heute weiss ich: Die Loslösung von meiner enttäuschten, traurigen Mutter hat eine Puzzle-Schnittstelle erzeugt, die exakt zum Gegenstück eines enttäuschten traurigen Mädchens passte. Das vermittelte, latent, ein vertrautes Gefühl. Mir war am Tag der Trauung deutlich bewusst, dass ich Liebe und Kraft für zwei mitbringen muss. Dass das die Kräfte eines Menschen übersteigt, war mir nicht klar. Meine Schwiegermutter hatte anlässlich unserer Verlobung geäussert, sie hätte sich einen strengeren Mann für ihr Mädchen gewünscht. Damals dachte ich bei mir: Soll ich etwa deine versäumte Erziehung nachholen?

Jahrzehnte später hat ein Enneagramm-Experte den Zusammenhang des Persönlichkeits-Profils meiner ersten Frau (zu welchem sie sich bekannte), mit dem Märchen vom König Drosselbart und der hochmütigen Prinzessin hergestellt. Erst da habe ich verstanden was meine Ex-Schwiegermutter wohl gemeint hat und wie Recht sie hatte.

Warum heiratet man, kaum 20-jährig, wenn man nicht „muss"? Immer wenn es gemütlich wird, am Abend, heisst es die Freundin nach Hause bringen oder selbst zu gehen. Übernachten im Haus der potentiellen Schwiegereltern war ausserhalb des Denkbaren. Es gab noch den „Kuppeleiparagraph". Wir mussten tagsüber die Wohnung verlassen, wenn meine Eltern weggingen. Meine Mutter hatte panische Angst, durch die Anzeige von missgünstigen Nachbarn im Gefängnis zu landen. Deshalb war auch vor dem Beziehen einer gemeinsamen Wohnung, laut Mietvertrag, die Ehe zu schliessen und der Trauschein beim Vermieter vorzulegen.

Auf der Suche nach meiner Anima habe ich mir immer wieder meine Pein von der Seele geschrieben. Der „Erste Teil" dieses Buches (Die problematische Beziehung) behandelt diese Phase meines Lebens. Gefunden habe ich meine Anima, als ich die Suche aufgegeben hatte. Ich wollte nach meiner Trennung, zunächst einige Jahre als Single, mich selbst ergründen.

Das Schicksal brachte mich mit meiner jetzigen Frau zusammen. Ich spürte sofort: Die ist es! Und dieses Gefühl hat nicht getrogen. Im „Zweiten Teil" (Mein neues Leben) führten mir die, durch die neue Beziehung inspirierten, Gefühle die Feder (die Finger über die Tastatur, um es weniger poetisch auszudrücken).

Positive Reaktionen auf meine Geschichten und Gedichte, aus meinem persönlichen Umfeld, ermutigten mich die lose Sammlung zu ordnen und offiziell zu publizieren.

Hans Pronath
im März 2007

Lieder von mir, über mich

Das Lied vom ewigen Kind

Als ich ein Kind noch war und jung an Jahren,
da lebt' ich frei und gänzlich ungeniert.
Und was ich dachte konnte damals ich auch sagen,
und alle Welt hat sich darüber amüsiert.

Ich solle vorher überlegen was ich sage,
so lehrte man mich als ich älter war.
Und in der Schule nannte man es dann Betragen,
wenn man nicht so war wie es früher richtig war.

Statt lesen, schreiben oder rechnen tat ich malen,
und das missfiel ihr, und es sorgte Mutter sehr.
Sie meinte stets nur malen tät' sich nicht auszahlen,
wenn ich mal gross, wenn ich einmal erwachsen wär.

Die Sprache, die als junger Mann ich führte,
die fanden Papa und Mama wohl sehr verkehrt.
Darum lebten beide nunmehr stets in Sorge,
dass ich wohl nie erwachsen werd'.

Die Sorge wurde mit der Zeit nicht kleiner,
ich glaube eher sie hat sich vermehrt.
Denn man konnt' ja bei den Kleidern die ich trage,
vorherseh'n dass ich nie erwachsen werd.

Als ich hinaustrat, wie man sagt, ins harte Leben,
da merkt' ich gleich: Hier weht ein andrer Wind.
Da musste ich mir selbst die Antwort geben:
Menschenskind – wie lange bleibste dabei wohl noch Kind?

Das erste Pokerspiel hab' ich auch glatt verloren.
Ja – da ging ich prächtig ein!
Man zog das Fell mir über beide Ohren,
doch halb so schlimm, es war mir ohnehin zu klein.

Das neue Fell, das strickte ich gleich dicker,
damit das Kind in mir man nicht so merkt.
Und ausserdem ist es auch viel geschickter,
für den Fall, dass man mir das Fell noch mal vergerbt.

D'rum, liebe Eltern, ist kein Grund zur Sorge,
will nicht erwachsen werden Euer Kind.
Denn heute ist ja schliesslich noch nicht morgen,
und ausserdem: Der wahre Mensch ist doch das Kind.

Ich bin froh, denn ich bin …

Ich bin noch nie auf Ibiza gewesen,
den jüngsten Solschenizyn hab ich auch nicht gelesen.
Ich gebe zu, ich habe darum ein gestörtes Verhältnis
zum Bürgertum.
Ich bin froh, denn ich bin –
dja dja dida da di dada – nicht in!

Im Wesentlichen ziert mein Autoheck
antiquarischer Strassendreck.
Gänzlich fehlend ist eine Silhouette von Sylt
und kein Aufkleber sagt ich sei auf Tennis ganz wild.
Ich bin froh, denn ich bin –
dja dja dida da di dada – nicht in!

Ich sage es frei und ohne Erröten:
Ich bin noch nicht aus der Kirche getreten
und dass der Herr Pfarrer an' lieben Gott nicht glaubt
hat mir fast die Fassung geraubt.
Ich bin froh, denn ich bin –
dja dja dida da di dada – nicht in!

Oft denke ich stolz in meinem Sinn:
Wie gut dass ich nicht wie die anderen bin.
Doch dann kommt's wieder über mich ganz fatal,
Mensch bist du überhaupt noch normal.

Dann bin ich nicht froh, denn ich bin –
dja dja dida da di dada – nicht in!

Doch ich lebe ja nicht im Vakuum
und schaue ich mich um mich herum um,
dann seh' ich viele andere
die so sind wie ich bin
Und dann bin ich froh, denn ich bin –
dja dja dida da di dada – doch in!

Gott sei Dank!

Freiheit

Ich bin frei geboren – Glück gehabt!
Aber daran erinnere ich mich nicht.

Der Kindergarten – daran erinnere ich mich.
Albträume!
Habe ich sie gelebt oder geträumt?
Es ist mir eins.

Dann habe ich mir die Freiheit genommen
in die Flasche zu pinkeln.
Die Grossmutter verbot es. Wohl aus Angst
vor den Folgen einer vorpubertären Erektion.

Meine Frisur, als die Eitelkeit kam.
Der ewige Kampf gegen den Nazischnitt!
(Heute hochmodern!)
Facon hiess der Fortschritt.

Die Bonzenclique im Club.
Der Eintrittspreis war Unterwerfung.
Der Austritt hat weniger gekostet.
Ein gutes Gefühl!

Dann endlich das Wasser –
stehende, fliessende, Wildwasser.

Die Freiheit reicht so weit
wie der Arm, der Atem, die Ausdauer, der Mut.

Ist die Ehe Unfreiheit?
Ist Bürgertum Unfreiheit?
Freiheit kann Zwang sein.
Mut! Mut zum Bürgertum!

Die Zeit – keine Zeit!
Andere bestimmen über meine Zeit!
Zuviel Arbeit, zu lange im Stau gestanden!
Zu lange ferngesehen?

Muss ich zuviel arbeiten?
Muss ich im Stau stehen?
Muss ich fernsehen?

Nein, ich muss nicht.
Ich habe eine tarifliche Arbeitszeit.
Ich mache pünktlich Feierabend.

Nein, ich muss nicht.
Ich kann mit der Bahn fahren.
Dauert länger? Ich hab Zeit!

Nein, ich muss nicht.
Ich kann mit Menschen reden,
zu Haus, in der Bahn überall.

Ein neuer Freiheitsgrad.
Ich fahre mit dem Rad zur Arbeit.
Halb so schnell wie mit dem Auto.
Ebenso schnell wie mit der Bahn.

Ich beschränke mich und erlebe Freiheit.
Ich glaube ich habe sie gefunden, die Freiheit.
Sie ist weder im Stoff, noch auf der Landstrasse,
sie ist auch nicht auf dem Wasser oder in der Luft.

Sie ist in dir – alter Freund!

Erster Teil

Die schicksalhafte Beziehung

Gedichte I

Es war doch einmal Liebe

Liebe – ein Wort,
so viele Bedeutungen!

Unbewusst geniesst man sie als Kind,
sucht sie zu lernen, zu entdecken, in der Jugend.

Gesteht, schwört,
was man meint dass Liebe ist.

Kinder der Liebe, hoffentlich!
Bewusst gibt man zurück. Gerne, still, verborgen.

Je älter die Kinder,
umso verborgener, stiller.

Die Liebe der Jugend, wenn sie überlebt,
Glut erzeugt bevor die Flamme verlischt.
Auch sie wird stiller, namenloser.

Erfährt man sie dann,
ist das Wort zu weit weg, zu leer, zu abgegriffen.

Nein – es gibt kein Wort.
Es braucht keines.

Wie lange noch

Ich liebe meine Frau.
Das Problem ist nur:
Um sie glücklich zu machen
muss ich gegen meine Natur leben.

Krank

Ich bin krank. Ich ahne es schon lange.
Aber heut' ist es mir zum ersten Mal bewusst.

Ich werde es für mich behalten.
Denn wenn sie es wissen, werden sie mich holen.

Dann wird es welche geben – die freuen sich.
Andere wiegen ihr Haupt und bedauern.

Einige, so hoffe ich, werden kämpfen.
Einer oder zwei oder weniger, aber bestimmt zuwenig.

Aber ich schweife aus.
Zurück zu meiner Krankheit.

Was ich tun muss macht mir keinen Spass.
Was ich tun möchte kann ich nicht tun,
weil ich tun muss was mir keinen Spass macht.

Wenn ich tue was mir keinen Spass macht,
merken sie nichts und holen mich nicht.
Keiner kann sich freuen, keiner muss bedauern
und den Anderen erspare ich den Kampf.

Kälteeinbruch auf freier Strecke

Die Zeit der Zärtlichkeit ist vorbei.
Sie hat sich unaufhaltsam
aus unserer Beziehung herausgewunden.
Versuche sie zu halten
hat sie kühl lächelnd abgeschüttelt.

Mitten im Sommer – ein Kälteeinbruch.
Kälte in Blicken und Gesten.
Aber gegen diese Kälte
gibt es keine Handschuhe und keinen Pullover.
Nur Hoffnung!

Der Zug unserer Beziehung steht plötzlich –
auf freier Strecke.
Ich steige frierend aus um nachzusehen.
Die Räder stehen zwischen den Schienen auf dem Schotter.
Die Spur ist zu breit geworden für unseren Zug.

Ich versuche meine Schiene zur Mitte zu bewegen.
Es gelingt mir mühsam.
Entsetzt stelle ich fest, dass die jenseitige Schiene
sich um die gleiche Strecke bewegt hat.

Ermattet verweile ich.
Da sitze ich nun am Bahndamm,
frierend, Schmerz füllt mich aus.
Liebe, die der Zärtlichkeit entbehrt,
der Erwiderung, erzeugt böse Brandwunden.

Früher fuhren wir oft an stehenden Zügen vorbei,
hielten sogar an, um möglicherweise zu helfen.
Wir mussten lernen: Von Aussen ist kein Helfen.
Oft wurden Wagen abgekuppelt
und auf ein anderes Gleis gehoben.
Hoffnung – auf der richtigen Spur zu sitzen.

Ich stehe auf, nach den Nachbargleisen sehen.
Manche sind verdeckt, verlaufen unterirdisch.

Auf anderen rollen Züge,
wieder andere sind bewachsen,
es fährt wohl kein Zug mehr.
Dann sehe ich Züge, die ähnlich unserem,
zwischen, neben den Schienen stehen.

Die Menschen stehen ratlos vor ihren Zügen,
oder sie sind hektisch mit Reparaturversuchen beschäftigt.
Man kommt kaum ins Gespräch,
kann sich nicht helfen – erinnere ich mich.
Dort hat mir, von weitem, die Zärtlichkeit zugewinkt.
Doch ich kehre zurück zu unserem Zug.

Der Schaffner ruft: Alles einsteigen!
Der Fahrplan muss eingehalten werden.
Ich gehe in mein Abteil.
Da sitzen wir nun nebeneinander,
tragen bei zur Einhaltung des Fahrplans
und frieren.

Der Kontrolleur kommt.
Ich sage ihm, uns sei die Zärtlichkeit abhanden gekommen.
Er sei dafür nicht zuständig,
er habe nur die Liebe zu kontrollieren.
Wir sollen am nächsten Bahnhof fragen.
Ja – Liebe ausreichend – Fahrscheinkontrolle bitte.

Mit diesem Herrn kann man nicht diskutieren,
dass wir so den nächsten Bahnhof nie erreichen werden.
Ich hoffe, der Zug könne sich vielleicht
über den Schotter langsam vorwärts bewegen.
Bis zu einer Stelle an der die Spur wieder stimmt.
Bis zur Stelle der Zärtlichkeit.

Die Geschichte vom Delphin und seinem Baum

An meinen lieben Gott.

Ich bin ein Delphin – wahrscheinlich.
Das bleibt aber unter uns!
Ich sehe nämlich aus wie ein Mensch
Und ich lebe auch nur selten im Wasser.
Aber wenn ich dort bin, dann lebe ich wirklich.

Darum glaube ich, dass ich eigentlich ein Delphin bin.
Ich könnte natürlich auch ein Wal sein.
Das ist auch ein Meeressäuger.
Aber die Seelenverwandtschaft fehlt.

Ich bin verspielt – ernst sein fiel mir immer schwer.
Ich muss hart an mir arbeiten,
Sonst falle ich unter den Menschen unangenehm auf.
Ich kann auch singen und tue das auch – wie alle Delphine.

Das darf ich, obwohl es auch sehr auffällt,
Weil ich Ingenieur bin und kein Sänger.
Aber die Menschen lieben es.
Das ist schön.

Ich bin als Menschenkind geboren, als Christenkind.
Und Du bist mein Gott, hat man mich gelehrt.
Du seiest der Gott der Güte und der Liebe.
Trotzdem hatte ich immer Angst vor Dir.

Deine Häuser waren immer so riesig
Und so kalt.
Man musste ganz leise sein
Und durfte nicht lachen.

Die Männer, die dort von Dir sprachen,
Waren immer ernst und sehr streng.
Wenn wir sie über Dich ausfragten, wurden sie oft böse,
Weil sie keine Antwort wussten.

Wenn wir Spässe machten schlugen sie uns.
Eigentlich hätten sie mir sympathisch sein müssen.
Von weitem sahen sie Delphinen ähnlich,
Nur meistens weniger elegant.

Aber damals wusste ich noch nicht,
Dass ich – wahrscheinlich – ein Delphin bin.

Dein anderer Sohn, mein Bruder Jesus,
Der hat mir gleich gefallen.
Der ist umhergezogen,
War nett zu den einfachen Leuten.

Er hat den Oberen Deine Schrift vor die Nase gehalten,
Wie der Till Eulenspiegel, der gefällt mir auch.
Nach diesem Buch wollten sie angeblich leben,
Taten es aber selten.

Fällt mir, ehrlich gesagt, auch schwer.
Aber Du hast es ja für die Menschen gemacht,
Dieses Buch,
Nicht für Delphine.

Dann hast Du mir eine Frau geschenkt.
Ich weiss nicht was Du Dir dabei gedacht hast.
Sie war ein Baum, fest verwurzelt in der Erde.
Dennoch hatten wir uns gleich sehr lieb.

Sie hatte einen festen Standpunkt.
Ich konnte mich auf sie verlassen.
Unter ihrem Blätterdach verbreitete sie Gemütlichkeit,
Spendete mir Schatten und Geborgenheit.

Ich tanzte um sie herum,
Vertrieb ungebetene Gäste aus ihrer Krone
Und hielt sie von Ihrem Stamm fern.
So gab ich ihr auf meine Weise Sicherheit.

Spielen war schwierig.
Ihre Spiele waren mir zu ernst,
Meine ihr zu wild.
Im Vergleich zu mir ist sie eher still.

Ihr Kernholz ist von erster Güte,
Aber gut abgeschirmt
Von einer borkigen Rinde.
Manchmal zu rau für einen Delphin.

Ich habe sie immer
Für eine Eiche gehalten.
Ein unbeugsamer Stamm.
Manchmal zu unbeweglich für einen Delphin.

Du hast uns auch zwei Kinder geschenkt.
Unsere Tochter hat sich als Grille entpuppt.
Sie springt überall herum und scheint nie zu verstummen.
Sie kommt wohl etwas nach mir.

Unser Sohn ist ein Sandkorn.
Er liebt es in der Sonne am Strand zu liegen,
Zusammen mit vielen anderen Sandkörnern.
Einfach so!

Im Wasser ist er schwerelos
Und lebendig wie ich,
Wenn ihn die Brandung erfasst
Und mit hinaus aufs Meer nimmt.

Du musstest meine Eiche verpflanzen.
Ein Stück Erde hast Du uns dafür geschenkt.
Wir wollten daraus ein Eldorado machen.
Unser kleines Paradies sollte es werden.

Aber wir sind nicht Adam und Eva.
Schwer arbeiten mussten wir für unsere Oase,
Hatten kaum noch Zeit für uns selbst.
Mein Baum wurde noch stiller und ernster.

Ihre Krone zog sich dicht zusammen.
Ich fror in Ihrem Schatten.
Da flog draussen in der Sonne
Ein gelber Schmetterling.

Weit davon entfernt ein Delphin zu sein,
Aber lustig, leichten Sinnes und verspielt.
Ich habe mich in ihn verliebt,
Mit ihm gespielt und gealbert.

Du hast vielfältig zu mir gesprochen.
Ich habe Dich vernommen,
Bin Dir aber nicht gefolgt,
Denn die Schlange sprach auch zu mir:

„Was heisst hier göttliche Gesetze?
Die sind für Menschen gemacht
Die vor 3000 Jahren gelebt haben!
Bist Du etwa ein Patriarch?
Ist Dein Baum Dir etwa untertan?

Na also! Und Du bist doch ein Delphin – oder?"

Ich wagte nicht die Augen
Zu meinem Baum zu erheben.
Ihr Laub wurde welk und Ihre Äste hingen
Wie bei einer Trauerweide.

Aber ich habe weggesehen –
So lange ich konnte.
Auch Deine Zeichen habe ich ignoriert,
Obgleich ich sie sehr wohl verstand.

Ich war süchtig nach diesem leichten Ding.
Ich wollte fliegen lernen, so leicht fühlte ich mich.
Bis ich nicht mehr übersehen konnte
Wie krank meine Eiche geworden war.

Da bin ich abgestürzt
Und ich bemerkte, dass auch ich sehr krank war.
Mein Schmetterling sagte
Er würde das nicht überleben.

Aber Schmetterlinge leben
Ja eh nur einen Sommer lang,
Dachte ich mir.
Er starb tatsächlich.

Ich hatte nicht geglaubt, dass mich das so trifft.

Viel zu lange hatte ich meine Krankheit ignoriert.
Denn meine Krankheit hatte eine fröhliche Maske.
Und diese Maske nahm ich fast nie ab,
Besonders nicht vor dem Spiegel.

Also konnte ich mir lange sagen:
Du bist gesund.
Ja, ja, ich gebe es zu,
Du hast mir deutliche Zeichen gegeben.

Deshalb hatte ich mir auch fest vorgenommen
Bei meinem Baum zu bleiben.

Ich fror, weil ich krank war.
Aber ich dachte, Schuld ist nur
Die tief hängende und dichte Krone
Meiner Trauer-Eiche.

Dabei war sie wohl lichter geworden –
Ihre Krone.
Denn mich traf ein Sonnenstrahl,
Obwohl ich stets unter meinem Baum weilte.

Der Sonnenstrahl wärmte mich.
Ich blinzelte ihm zu und sagte:

„Du tust mir gut Sonnenstrahl.
Willst Du mich wärmen,
Auch wenn ich nicht aus dem Schatten
Dieses Baumes hervorkomme?“

„Ja“ antwortete der Sonnenstrahl,
„Das will ich. Das ist meine Aufgabe“.

„Aber Du wirst es schwer haben
Mich hier im Schatten des Baumes zu wärmen.
Warum tust Du das für mich?“

„Ich habe mich in Dich verliebt“
Entgegnete der Sonnenstrahl
„Darum tue ich das.“

Es wurde mir noch wärmer als ich das hörte
Und ich blinzelte wieder zurück.
“Du tust mir wirklich gut“ hörte ich mich sagen
„Du gibst mir neue Energie“.

„Ich könnte Dich besser wärmen,
Kämst Du aus dem Schatten hervor“
Lockte der Sonnenstrahl.

„Nein – bitte nicht, noch nicht“ flehte ich
„Ich fürchte ich könnte mich auch in Dich verlieben.“

Unter dem Dach meines Baumes hervorkommen –
Das wollte ich entweder für immer
Oder gar nicht mehr.

Aber darüber war ich mir gerade
noch nicht im Klaren.
Und wenn, dann wollte ich frei sein.

„Ich bin nicht frei!"
Flüsterte ich dem Sonnenstrahl zu
„Und wenn ich meinen Baum verlasse,
Dann will ich auch frei bleiben."

„Auch ich liebe die Freiheit"
Blinkte der Sonnenstrahl herunter
„Ich war zu oft der einzige Lichtstrahl
In dunklen Höhlen. Das ist schaurig.
Ich glaube, das will ich nie wieder."

Ich wollte auf jeden Fall vermeiden
Dass mein Baum wieder krank wird,
Denn er hatte sich ganz gut erholt.
Und Lügen wollte ich auch nicht mehr,
Das hatte ich mir fest vorgenommen.

Da sprach die Schlange zu mir:
„Verstecken ist nicht Lügen, Du Dummkopf!"
Ich gab ihr Recht.

Ich versteckte mich in einer Grotte und
Teilte dem Sonnenstrahl meine Gedanken mit.
„Ich komme zu Dir in die Grotte"
Schmeichelte der Sonnenstrahl
„Dir würde ich überall hin folgen."

Doch so wie oben im Freien
Kam der Sonnenstrahl hier unten nicht zur Geltung.
Aber er gab sich redlich Mühe.

„Ach könnte ich Dich nur richtig wärmen"
Seufzte der Sonnenstrahl.
„Vielleicht kannst Du Dich ja im Guten
Von Deinem Baum trennen,
Dann wird er bestimmt nicht krank."

Das gab mir einen Stich ins – ja – ins Herz.
Ich hatte noch ein Herz – für meinen Baum!

Ich war zerrissen wie nie zuvor.
Hier meine, fast schon verlorene, Oase
Mit Geborgenheit und Schatten.
Da eine Perspektive im Sonnenschein
Und ohne die Last des Unverstandenseins.

Da raunte es in den Blättern meines Baumes:
„Du hast doch wieder eine Gespielin!?!
Und kannst Dich wieder nicht entscheiden!"

Ich senkte die Augen zur Erde und schwieg,
Sie hatte ins Schwarze getroffen.
Schweigen, das war meine Antwort,
Weil ich nicht den Mut hatte zu sagen:
Ja, so ist es.

Ich holte das einige Tage später nach.
Als ich entschieden hatte meinen Baum
Und meine Oase keinesfalls verlassen zu wollen.
Vom Sonnenstrahl hatte ich mich
Aber noch nicht gelöst.
Ich sagte zum ersten Mal die Wahrheit.
Es war ein gutes Gefühl!

Da erhob sich ein grosser Sturm.
Meine Eiche wurde entwurzelt,
Unser Grashüpfer, unser Sandkorn
Und ich wurden um sie herumgewirbelt.

Nachdem der Sturm an Stärke verloren hatte
War unsere Paradiesbaustelle Verwüstung.

Mein Baum und ich lagen
In entgegengesetzten Ecken des Chaos.
Der Grashüpfer sass stumm auf einem Zweig.
Das Sandkorn schwamm in einer der Tränenpfützen
Ganz in meiner Nähe.

Wie konnte mein krankes Hirn nur geglaubt haben
Die Eiche hätte nichts mitbekommen,
Von mir und dem Sonnenstrahl.

Seit meiner Liaison mit dem Schmetterling
Hatte Sie heimlich geübt
Ihre Wurzeln als Füsse zu gebrauchen.

Dieses war mir wiederum nicht gänzlich verborgen geblieben,
Besonders in der letzten Zeit.
Aber es war mir ganz recht.
Ich wollte Sie ja gerne etwas beweglicher haben.

Doch jetzt ging Sie zum Gärtner.
Zur Beratung, wegen Ihrer endgültigen Umsetzung,
Neupflanzung besser gesagt.
Definitiv nicht auf dem Terrain der Paradiesreste!

Schmerz füllte mein ganzes Wesen aus.
Ich war verwirrt und ratlos.
Dich konnte ich nicht vernehmen.
Taub und blind war ich.

Da hast Du zu mir gesprochen.
Klar und deutlich,
Sogar für mich zu verstehen,
Durch einen Engel.
Ich konnte hören und verstehen.

Er hat mir die Augen geöffnet.
Ich konnte sehen.
Ein Wunder – ein biblisches Wunder!
Und ich durfte es erleben.
Dafür danke ich Dir.

Dass Engel auch in der Gestalt
Von Grashüpfern erscheinen
Hätte ich nie geglaubt.
Aber ich habe es selbst erlebt.

Mein Sandkorn hat sich wundersam vermehrt
Und in eine Düne verwandelt.
Die Düne hat die Lachen meiner Tränen aufgesogen,
Welche das Gelände unserer Oase
In einen Morast zu verwandeln drohten.

Jetzt wollte ich auch mir selbst treu werden
Und zu meinem Entschluss stehen:
Wenn ohne Baum, dann auch ohne Sonnenstrahl.
Auf eigenen Füssen stehen lernen.

Ich teilte meinem Sonnenstrahl mit,
Dass ich künftig womöglich völlig unbeschattet sein würde,
Er seine Energie aber bitte nicht mehr auf mich richten möge.
Ich möchte meine autonome Energiebilanz ergründen.

Wunder!
Es gibt wahre Wunder
Biblischen Ausmasses.

Wunder!
Blind war ich und wurde sehend.
Verloren war ich und wurde gefunden.

Wunder!
Eine starre, borkige Eiche verwandelt sich.
Vor meinen Augen in eine Birke
Mit schlankem glattem Stamm.

Wunder!
Die Vertreibung aus dem Paradies
Findet nicht statt!

Wunder!
Ich kann sehen.
Was sehe ich?
Ich sehe einen langen Weg.

Das Paradies ist kein Ort.
Das Paradies ist ein Weg!

Mein Bäumchen reicht mir einen Zweig.
Ich fasse ihn behutsam mit meiner Flosse.

Wir sind unterwegs.
Zunächst bis zur nächsten Weinlese.

Wir wollen uns nicht zuviel vornehmen.

Lieber Gott, Ich danke Dir für diesen Jahrgang.

Gedichte II – Es geht nicht mehr

Ich kann nicht weinen

Ich sitze am Gipfel des Vulkans Leben.
Beim Aufstieg ist mir die Gefährtin abhanden gekommen.
In tiefer Trauer gedenke ich meiner untauglichen Versuche
Sie wieder zu gewinnen.

Ein Gemisch lieblichster Düfte lockt mich
An den Rand des Kraters.
Die anderen Sinne verführend, sich dem Schaurigen hinzugeben.
Das leicht zu beleidigende Auge weidet sich an der Bilder Fülle.

Die Nase wandert durch das Labyrinth der Düfte.
Nie gehörte Klänge schmeicheln dem Ohr.
Die Haut, zuletzt, verlangt danach die Bilder zu ertasten,
Sie wahr werden zu lassen.

Den Abstieg wagen?

Hinweg Vernunft!
Hat Er mir nicht die Sinne gegeben,
Die Gott mich jetzt gemahnt im Zaum zu halten?
Nein – ich will es wissen.

Geschlossen ist der Packt mit dem Erbfeind.
Ungeahnte Höhen ziehen mich in eine Tiefe,
Deren Dimension wahrzunehmen ich nicht befähigt bin.
Nur das dumpfe Gefühl zunehmender Leere erzeugt Skepsis.

Mehr ahnend als sehend erkenne ich
Durch das Blendwerk der Gefühle hindurch
Das schwarzrote Glühen des Magmas
In unerträglich bedrohlicher Tiefe.

Die vermeintliche Leere in mir
Entpuppt sich als See von Tränen,
Der sich in die Tiefe zu entleeren droht.
Die Ahnung, dadurch eine gewaltige Eruption auszulösen,
Verkrampft alle Fasern meines Körpers.
Ich vergiesse keinen Topfen.

Ich, du, er, sie es ...

Ich betrüge, du betrügst, er – sie – es betrügt.
Wir betrügen, ihr betrügt, sie betrügen.

Ich werde betrügen, du wirst betrügen, er – sie – es wird betrügen.
Wir werden betrügen, ihr werdet betrügen, sie werden betrügen.

Ich habe betrogen, du hast betrogen, wir haben betrogen.
Scheisse – ja wir haben es getan!

Toll, ja toll war es.
War es toll?
Wir waren toll!

Opium! Körpereigene Opiate.
Flucht in den Rausch.
Abgehoben.

Ganz oben,
die Grössten waren wir.
Abgestürzt.

Ich stand als stummer Zeuge
neben meinem Treiben.
Triebtäter!

Latente Hoffnung,
das nie mit den Augen
moralischer Integrität sehen zu müssen.

Nun sehe ich.
Ich dachte ich würde es nicht ertragen können.
Ich muss es ertragen.

Gnade –
gestattet mir mich zu häuten
gleich einer Zwiebel.

Dörre Aussenhaut.
Tränen, Schale um Schale.
Reiner Kern.

Wer hat wen betrogen

Sie ihn mit mir.
Ich ihn mit ihr.

Sie sich mit mir.
Ich sie mit ihr.

Sie sich mit mir.
Sie sich mit sich.

Sie mich mit ihr.

Ich sie mit mir.

Ich mich mit mir!

Gebet an der Krippe

Ich habe grosse Fehler gemacht,
sie zu vermeiden hatt' ich nicht die Macht.

Doch habe ich es sehr bereut,
so steh' ich an der Krippen heut.

Die Christgeburt in der heiligen Nacht
hat allen Menschen Hoffnung gebracht.

So hoffe auch ich Sündenmann,
dass man mir vergeben kann.

Was hält mich noch

Nur noch Wasser, kaum noch Wein,
Wenig noch Freude, nur noch Pein.
Warum die Seele im Diesseits noch finden?
Dann doch gleich ins Jenseits entschwinden!

Vom Spinnen

Du sagst, von Scheisse wie ein roter Faden,
so sei von Anfang an das Leben Dir geraten.

In jungen Jahren musst' das Schicksal mich gewinnen,
an diesem Faden mit zu spinnen.

Ich mag an Deinem Pech nicht weiter weben,
drum hab die Spindel ich in Deine Hand gegeben.

Möge nun Dein selbst gewebter Faden
fortan zu purem Gold geraten.

Totzeit (feminin)

Wenn eine tot ist,
hat frau plötzlich Zeit für sie,
Sie zu beweinen und sie zu begraben.

Wenn eine tot ist,
kennt frau endlich ihren Wert.
Frau kann endlich sie verstehen, ehren, achten.

Wenn eine tot ist,
sieht frau sie mit grossem Abstand.
Drum lass uns Abstand halten während wir noch leben.

Abschied eines Clowns

Ich hatte Dir mein Leben gewidmet.
Ich wollte Kraft und Liebe für uns beide mitbringen.
Ich wollte der Clown in Deinem Leben sein.
Ich wollte Deine Tristesse
Mit meinen Spässen vertreiben.

Der Clown hat versagt.
Woher die Kraft nehmen?
Wo bleibe ich – abgeschminkt?
Ich habe mich verleugnet und verlügnet.
Ein Narr, dieser Clown.

Die Menschen lieben ihn.
Seine Leichtigkeit und seine Energie,
Seine Lebensfreude und seinen Optimismus,
Seine Talente und seine Kunststücke.
Seine kranken Augen sieht nur er – im Spiegel.

Jetzt, wo ich mich abschminke,
Bin ich nicht mehr der,
Der zu sein ich versuchte.
Schwer scheinst Du daran zu tragen
Für Dein Glück selbst zuständig zu sein.

Ein Narr, dieser Clown.
Er muss mit dem Zirkus weiterziehen.
Du bleibst zurück – mit Deiner Maske.
Vielleicht denkst Du manchmal an ihn.
Er wird Dich nicht vergessen.

Er kommt sicher wieder in diese Stadt.
In einer anderen Rolle.
Ob Du in seine Vorstellung kommst?

Er wird Dich im Publikum suchen.
So Gott will und wir leben.

Rückblick

Wer unterstellt, ich wolle mich als unschuldiges Opfer einer gescheiterten Ehe darstellen, möge diesen Ersten Teil (Die schicksalhafte Beziehung) noch einmal aufmerksam lesen. Sicher habe ich sie oft schlecht behandelt, wenn auch obsessiv und deshalb damals für mich nicht jederzeit transparent. Eine Trennung war für mich einfach für zu lange Zeit nicht denkbar.

Mit der Vorstellung, eine Ehefrau müsse eine Freundin Ihres Mannes akzeptieren können, stand ich, nach meiner heutigen Beobachtung, wohl nicht allein. Hier die Sicherheit, dort der Ausgleich – ist doch bequem! Solch eine Konstruktion kann, in unserer Gesellschaft, nur einem kranken (Männer)-Hirn entspringen.

Keiner sollte denken Fremdgehen sei lustig. Vielleicht betrachten es manche Leute als Hobby, ich weiss es nicht. In meinem Fall ging es jedenfalls einher mit dem schlechten Gewissen und den Notlügen. Lügen von denen man angespannt hofft, dass sie einem abgenommen werden. Ich bin froh und dankbar das alles hinter mich gebracht zu haben und locker und entspannt leben zu können.

Auf der Suche nach dem Warum, habe ich mich bei Khalil Gibran, „Der Prophet", wieder gefunden:

„Vom Guten in euch kann ich sprechen, aber nicht vom Bösen.
Denn was ist das Böse anderes als das Gute,
von seinem eigenen Hunger und Durst gequält?
Wahrhaftig, wenn das Gute hungrig ist,
sucht es Nahrung sogar in dunklen Höhlen;
und wenn es durstig ist, trinkt es sogar aus toten Gewässern.
Ihr seid Gut, wenn ihr eins mit euch seid. "

Zweiter Teil

Ein neues Leben

Gedichte

Noch in diesem Leben

wenn ich an mir zweifle
weil sie womöglich Recht hatte
dass ich sie verletzte
durch meine Dumpfheit und Unachtsamkeit
dann, wenn ich fürchte
rein alles falsch zu machen
auch bei ihr, der vertrauten Geliebten
dann, wenn es mir in den Ohren klingt
wie bei der verlorenen Angetrauten
es geklungen hatte, dann stehe ich
vor dem Abgrund der heisst:
in diesem Leben nichts gelernt

dann möchte ich in diesen Abgrund stürzen

in der Hoffnung …
… in einem neuen Leben zu lernen
… von ihr aufgefangen zu werden
    dass es mir noch in diesem Leben gelänge!

Herber Wind vor der Paradiespforte

Ich bin im Begriff das Paradies zu verlassen.
Es ist mir dort zu eng geworden.
Das Paradies ist kein Ort,
es ist ein Weg.

Aber offenbar nur für Vagabunden.
Die Gehilfin, die Gott mir gegeben hat,
möchte lieber im Garten bleiben.
Das ist ihr Weg.

Unbekannte Sinneswahrnehmungen begrüssen mich.
Die Erfahrung, dass die Freiheit
stets auch die Freiheit der Anderen ist,
vermittelt ein verzehrendes Gefühl im Magen.

Schon der Gedanke,
die Zuneigung meiner Extra-Eden-Göttin
mit anderen Sterblichen teilen zu müssen,
wirft die ganzen theoretischen Reflexionen über den Haufen.

Ich bin Dein Knecht, meine Herrin.
Du sollst keine anderen Knechte haben neben mir.
Reste archaischer Patriarchatsmuster reagieren
mit den Ansprüchen des Freiseinwollens und -lassens.

Liebe ich mich oder sie?
Mich und sie!
Liebe deine Nächste wie dich selbst!
Das Gefühl wird wärmer und steigt hoch ins Herz.

Wenn es denn Deine Bestimmung ist, meine Göttin,
alle Deine Knechte gleichermassen zu lieben,
so lass mich doch der Paradiesvogel sein
unter Deinen Anbetern.

Dass ich Dich auf meinen Schwingen trage,
solltest Du stürzen aus Deinem Olymp.

Vogelfrei

Du bist wie ein kleiner Vogel,
zart, nett, lieb und frech.

Ich erfreue mich an Dir,
an Deiner Freiheit, zu kommen und zu gehen.

So vertraut bist Du mir,
dass ich Dich *meinen* Vogel nenne.

Pass gut auf Dich auf, kleiner Vogel,
dass Dich keiner in einen Käfig sperrt.

Sonst müsste ich mir denken:
Hätte nur ich Dich vorher eingesperrt.

Du wärst ebenfalls gefangen,
aber Du wärst bei mir.

Dann würde mir das Herz schwer werden
und ich gäbe Dich wieder frei.

Das Herz wäre mir dann wieder leicht
und ich wäre zuversichtlich und dankbar.

Pass gut auf Dich auf,
mein kleiner Vogel.

Das Licht in Deiner Seele

Wenn Du schon keine Göttin der Liebe sein magst,
so bist Du doch zumindest meine Hohepriesterin.

Doch musst Du in einer Wüste darben,
deren Name ist: „Verwirrung der Sinne durch Schmerz".

Das Schicksal hat Dir Deine Liebe genommen,
bevor sich die Patina des Alltags über das Ideal legen konnte.

Dieses Ideal ist das Licht, das Deine Gefühle
als Bilder an die Wände Deiner Seele projiziert.

Du hast das Leben verloren, jetzt nehmen Dir die Bilder
den Schmerz die kahlen Wände ertragen zu müssen.

Um aber das Leben wieder finden zu können,
musst Du das Licht löschen und lernen die Dunkelheit zu ertragen.

Lass mich der Engel sein, der Dir eine Fackel trägt,
damit Du Deine Augen an das Dunkel langsam gewöhnst.

Der Nacht folgt das Licht des Tages,
der Tag bringt Dir das Leben wieder.

Lass mich bei Dir sein wenn Du die Augen aufschlägst
nach dieser Nacht.

Sonnenaufgang

Das Leben geht mir auf, wie eine Sonne,
die die Eiskruste der Polkappe durchbricht.

Ich liebe ...

... den Duft Deiner Haare
... das Salz auf Deiner Haut
... das Leuchten in Deinen Augen
... die Ehrlichkeit Deiner ruppigen Art
... Deine verborgene Verletzlichkeit
... Deine Zärtlichkeit
... Dein fröhliches Lachen
... es wenn Du um mich bist
... den Druck Deiner Hände
... Deinen weiblichen Körper
... Deinen Stolz
... den kleinen See in Deinen Augen
... die Kratzer an Deiner Seele
... ...

Am Ende

Ich war am Ende
und Du warst am Ende
jetzt sehn wir gemeinsam
das Licht am Ende
des Tunnels.

Bildnis

Einen Menschen zu lieben heisst
ihn so zu mögen wie er ist.

Es kann der Liebe aber nur förderlich sein
Wenn ein Mann sich immer wieder an ihrem Bild erfreut.

Ich könnte Dich stundenlang anschauen
meine Liebe.

Du bist das Leben pur

Leben ist Liebe, Leid, Freude,
Trauer, Schmerz und Lust.

Leben ist Milde, Sonne, Sturm,
Hagel, Verwüstung und Wachstum.

Leben ist auch Tod und Zuversicht,
Hoffnung und Verzagen.

Leben ist nicht Versicherung,
nicht Glück auf Garantie.

Leben ist Wildnis,
Zivilisation ist Lähmung.

Wer das Leben erkannt hat,
Wer das Leben liebt, muss Dich lieben.

Du hast mich zu leben gelehrt.
Ich liebe das Leben.

Taifun

Die Ausläufer des Taifuns
Der die Felder meiner Gefühle zerstört,
Verwüstet auch die Vorgärten Deiner Seele.
Ich danke Dir dafür,
dass Du das für mich erträgst.

Wenn nicht ich – wer sonst?

Immer neu

Betrachte jede Umarmung
als ein einmaliges Geschenk.
Sei dankbar, als sei es die Letzte gewesen.
Dann ist die Nächste immer wieder die Erste.

Hans Pronath

Denn:
Wer von seinem Partner etwas erwartet missbraucht ihn.

Walter Stille

Ja – warum liebe ich Dich

Du machst mich komplett,
gestattest mir meine Fehler und hilfst mir,
daran zu wachsen.
Du bist die Inkarnation meiner Anima,
die so lang Entbehrte.
Du gibst mir den Glauben an mich zurück.
Du liebst mich.
Nichts kann mein Vertrauen zu Dir erschüttern.

Ich liebe
Deine Küsse,
Deinen Körper,
Deine Zärtlichkeit,
Deine raue Schale,
Deine Zerbrechlichkeit,
Deine tausend Gesichter,
Die Freiheit die Du mir gibst,
Die gemeinsamen Ziele und Ideale,
Die Basis die unsere Beziehung unserem Leben gibt.
Dafür dass ich Dich liebe ist das aber keine Begründung!
Ich liebe Dich halt.

Nur Dich

Gott hat alle Menschen gleich lieb
sagt uns die Religion.
Wir glauben er kann das,
weil er göttlich ist.

Der Papst muss sich schon beschränken,
er ist nur für die Katholiken da.
Und sicher hat er auch nicht alle gleich lieb,
denn er ist ja nur ein Mensch.

Der Bürgermeister ist immerhin noch so wichtig,
dass die Frau Bürgermeisterin
mit allen Menschen der Stadt
seine Liebe teilen muss.

Ich bin nicht wichtig
Ich liebe nur Dich.

Sonne Meer und Sand

Die Sonne, sie spendet Leben,
heilt und wärmt den Sand in dem meine Füsse stecken.
Ich geniesse sie, fürchte nicht sie zu verlieren
und habe kein Verlangen sie zu besitzen.

Aber ich kann nicht leben ohne sie.

Der Wind, mein Atem,
er spielt in meinen Haaren oder rüttelt an meinem Haus.
Ich geniesse ihn, fürchte nicht ihn zu verlieren
und habe kein Verlangen ihn zu besitzen.

Aber ich kann nicht leben ohne ihn.

Das Wasser der Bäche, Seen und Meere,
es ist Teil von mir und ich bin Teil von ihm.
Ich geniesse es, fürchte nicht es zu verlieren
und habe kein Verlangen es zu besitzen.

Aber ich kann nicht leben ohne es.

Du, Spiegelbild meiner Seele,
Freundin, Meisterin, Schülerin, Weib, Kind.
Ich geniesse Dich, fürchte nicht Dich zu verlieren
und habe kein Verlangen Dich zu besitzen.

Warum sollte ich mir einreden ich könnte leben ohne Dich?

Sehnsucht

Ein nagendes Gefühl in mir
verlangt nach Deiner Nähe.

Was bist Du für ein Gefühl frage ich es,
woher kommst Du?
Du kennst mich doch gut, ist die Antwort.
Ich bin die Sehnsucht nach
Angenommen-werden-so-wie-du-bist.
Ich war immer bei Dir.
Ja ich kenne Dich,
aber ich fühle mich angenommen,
sogar weil ich so bin.
Also höre bitte auf zu nagen, ja?
Danke – jetzt bist Du ein warmes Gefühl
und ich habe keine Verlustangst mehr.
Jeder Tag der warmen Sehnsucht
ist ein Geschenk.

Ich fühle mich reich beschenkt,
von Dir meine Liebe.

Traum-Utopie

Ein Traum stirbt nie.
Sein grosser Bruder ist die Utopie.

Göttlich ist der Traum,
An unserer Beziehungs-Utopie zu bau'n.

Geboren wird stets unter Schmerzen.
Gott braucht uns're Hände, uns're Herzen.

Gott ist Licht und Liebe
Und unfassbar viele Zeit.

Gibst Du mir Zeit, geb' ich Dir Zeit,
Gibt Licht und Liebe uns ein Stückchen Ewigkeit.

Ewigkeit ist Ewigkeit und endet nie,
komm lass uns leben unsre Liebes-Utopie.

Das Karussell Deiner Gefühle

Deine Gefühle scheinen sich zu drehen
wie ein Karussell.

Den meisten Menschen wird es schwindelig,
wenn sie das sehen.

Ich stehe fasziniert daneben
und geniesse die kurzen Augenblicke,
die mir eine Ahnung
von Deiner Zärtlichkeit vermitteln.

Mein Denken, Handeln und Hoffen
richtet sich auf das Ziel,
dass ich diese Augenblicke
in eine Dauerkarte eintauschen könnte.

Die Hütte am Strand

Wenn ich am Morgen die Leinen loswerfe
und das Segel meines kleinen Bootes setze,
um durch den Grossstadtverkehr
den weissen Strand anzusteuern
der unsere Arbeitsstätte ist,
sehe ich Dich von weitem mir zuwinken.
Die nackten Füsse im Sand vom Meer umspült.
Dann weiss ich: Heimat, hier gehöre ich hin.

Ich weiss auch, die Regenzeit wird kommen,
der Wind wird rauer werden
und die See wird schwer rollen.
Ich werde zwischen den Palmen,
dort wo jetzt Deine Hängematte ihren Platz hat,
eine Hütte bauen um bleiben zu können.

Dann werde ich die morgendliche Seereise
in meinem Herzen bewahren
und dankbar an jedem Tag
die Morgensonne begrüssen.
Auch wenn der Himmel verhangen sein sollte,
der Sturm an unserer kleinen Hütte rüttelt
und das Strohdach wegzufliegen droht.
Denn die Morgensonne die mir Leben schenkt
bist Du!

Darum kann ich lieben

Wenn mich das Gestern nicht kümmert,
Und das Morgen nicht sorgt,
Dann lebe ich in Gott.

Ein Gebot ist grösser als alle anderen
Und es gibt nur dieses eine:
L i e b e !

Nicht zu Kümmern und Sorgen
Ist nicht leicht!
Aber Lieben?

Gott liebt mich,
Darum darf ich mich lieben.
Und deshalb kann ich Dich lieben.

Ich liebe Dich!

Zart

Wie eine zarte Blüte ist es zwischen Dir und mir.
Wenn man sie betrachtet und geniest,
vergisst man gerne, dass sie verblühen muss.
Aber wir dürfen sie hegen und pflegen,
vor Kälte und Sturm schützen.
Wir werden sie nicht abschneiden
und daheim auf den Tisch stellen.
Denn sie gehört nicht uns,
nicht Dir, nicht mir.
Sie ist aus uns,
Dir und
mir.

Einladung

wir heiraten nicht
und laden Dich dazu herzlich ein

wir haben uns nicht gesucht
wir haben uns einfach gefunden

unsere Beziehung empfinden wir
als ein Geschenk des Schicksals

wir erwarten nichts voneinander
ausser wir zu sein und zu werden

jedes Wort, jede Geste, jede Berührung
ist ein einmaliges Geschenk ohne Anspruch

wenn wir uns besitzen wollten
hätten wir uns schon verloren

Chaos

Wenn wir zusammen sind herrscht Chaos.
Wenn einer von uns weg geht entsteht totales Chaos.
Wenn wir beide weg sind bleibt das Chaos des Kosmos zurück.
Kosmos ist griechisch und heisst Ordnung.

Ein fränkisches Lied für Gaby

Seit mir uns g'funden ham

Seit mir uns g'funden ham, konn ich af amol sehng.
Seit mir uns g'funden ham, dou is wos b'sonders g'scheng.
Su wäi a Märchenbuch licht is Lebn af amol vuur mir,
Dass ich des aufschlogn derf, des verdank i blouss Dir.

Seit mir uns g'funden ham, bist Du mei Märchenfee.
Seit mir uns g'funden ham, konn ich des Lebn af amol versteh.
Liebeslieder sin ka Kitsch, hob i glernt, sondern manchmal a woahr.
Und wennst richti hieschauer doust, dann siegst:
Es Leben is wunderboar.

Af amol verstäih ich wos des hast: Nutze den Tag.
Wall Du mich mogst, a wenn i dou wos i mag.
Ich hab ka Angst mehr, dass ich irgend wos falsch machen könnt,
Mich nimmt Dei Lächeln immer zärtlich an die Händ.

Seit mir uns g'funden ham, denk i oft dass i träum.
Seit mir uns g'funden ham, wass i dass nix mehr versäum.
Denn mir leben unsern Traum und träumer net unser Lebn
Und der Schlüssel dazou hast: verzeihn und vergebn.

Seit mir uns gfundn ham, lern i in aufrechtn Gang.
Seit mir uns gfundn haben, drückts Dir es Kreuz nimmer su zamm.
Es konn kummer wos mog – für uns wird's nimmer z'eng,
Denn uns're Herzen sind weit, aber des kräigt mer net gschenkt.

Ich bin a rechter Schlamper und reg Di manchol arg af.
A Du gäihst mir manchmol af'n Nerv mit Dein bläidn G'waf.
Wenn Du mich an Deppn hasst und ich Dich a bläde Kouh,
Dann wiss mer beide, des hot mit uns zwa nix z'tou.

Seit mir uns gfundn ham, hab is langsam checkt.
Seit mir uns gfundn ham, hab i blouss nu a Projekt.
Des Projekt hat den Titel: Einfach lebn,
Wai's in der Bibel steht, der Herrgott werd's gebn.

Seit mir uns gfundn habn, wass i es is net Recht.
Seit mir uns gfundn haben, dass mer su wos zerschlächt.
Aber net walls der Papst mit sein Trauschein so will,
Na dou nützt der ka Schein wos, suwos hot mer im G'fühl.

Drum dank i mein Herrgott, walls mer gor su gout gäiht,
Für des bisla Weisheit , ich bin nimmer so bläid.
Und für Dich, däi mir immer mein Spiegel vur hält.
Drum bin i ja dou – zum Lerna – auf dera Welt.

Seit mir uns g'funden ham, konn ich af amol sehng.
Seit mir uns g'funden ham, dou is wos b'sonders g'scheng
Su wäi a Märchenbuch licht is Lebn af amol vuur mir,
Dass ich drin blättern derf, des verdank i blouss Dir.

Geschichten die das Leben schrieb

Insel der Sehnsucht

Zu Zeiten, als das Leben noch in engen, geordneten Grenzen auf der Erde wandelte, mit den Menschen sprach und sie führte, lebte in einer Stadt ein alter Mann. Er war noch nicht richtig alt, aber auch nicht mehr ganz jung. Er hatte schon viele graue Haare auf seinem ehemals schwarzen Lockenkopf und noch mehr in seinem Schnurrbart. Im Grunde seines Herzens aber war er immer noch ein alberner, vorlauter Junge, der nichts als Unsinn und Spässe im Sinn hatte. Aber das Leben hatte ihm schon ein paar Fragen gestellt und er hatte sich stets bemüht Antworten darauf zu finden. Das hat ihn etwas stiller und nachdenklicher gemacht, so dass alle Menschen meinten er sei schon erwachsen, und manche dachten er sei vielleicht sogar ein bisschen weise. Und je stiller und nachdenklicher er wurde desto leichter fiel es ihm Antworten zu finden, auf die Fragen des Lebens. Das erfüllte ihn mit einer stillen, demütigen Heiterkeit. Diese Antworten waren Ortsschilder seiner Seele und Wegweiser seines Geistes. Er stellte sie im Land des Lebens jeweils dort auf, wo er die Antworten gefunden hatte. Mehr und mehr sah er deshalb wo er sich gerade befand. Aber neue Wege zu finden oder gar zu gehen, das erwies sich als eine sehr schwere Aufgabe.

Er wusste, dass er weit weg war von seinem Ziel, sich im Land des Lebens auszukennen. Aber er war dankbar auf der Suche sein zu dürfen. Wenn das Leben bei ihm anklopfte und ihm eine Frage stellte, freute er sich wenn er nach langem Grübeln eine Antwort fand zu der er im Grunde seines Herzens stehen konnte. Aber er wusste, dass er nur eine von vielen möglichen Antworten gefunden hatte und dass die anderen, die er nicht kannte, sicher ebenso gut und wertvoll waren wie die seine. Hin und wieder erfuhr er von solchen anderen Antworten. Er bewegte sie in seinem Herzen und war sehr glücklich wenn er sie verstehen konnte. Denn er wusste, wer alle möglichen Antworten auf eine Frage des Lebens kannte und verstand, war Gott sehr nahe.

Eines Tages klopfte das Leben wieder einmal bei diesem Mann an. Aber diesmal stellte es ihm keine Frage, sondern es nahm in bei der Hand und führte ihn an eine der Grenzen, die das Land des

Lebens umgaben. Es war die Grenze zwischen dem festen sichern Land und dem wogenden Meer; ebenso verlockend wie gefahrbringend. Am Strand dieses Meeres liess das Leben den Mann allein zurück. Als er am Brandungssaum einen nackten Fuss vor den anderen setzte und das Spiel der heranbrausenden Brecher beobachtete, fiel ihm eine Welle auf, die anders tanzte als die anderen Wellen. Er hielt inne und konzentrierte seine Beobachtung auf diese Erscheinung. Bald erkannte er, dass es sich um einen Gegenstand handelte, der auf dieser Welle ritt und dabei immer näher an den Strand gespült wurde. Eine Flasche! Es war eine Flasche! Womöglich eine Flaschenpost? Der kleine Junge in ihm war plötzlich ganz aus dem Häuschen und gab keine Ruhe bis er in das flache Wasser hinein watete um die Flasche zu holen. Er musste lachen, als dabei seine Hosen bis über das Knie hinauf nass wurden. Bevor der nächste Brecher ihn bis zum Bauch einweichen konnte, griff er nach der Flasche und rannte, so gut es mit den Beinen im Wasser ging, zurück auf's Trockene.

Am Strand angekommen zog er erst einmal seine nassen Hosen aus und hängte sie zum trocknen in den Wind. Dann wandte er sich der Flasche zu. Sie war verkorkt und man konnte nicht in das innere sehen, weil die Oberfläche mit Algen bewachsen war. Er scheuerte mit dem feinen Sand des Strandes eine Stelle frei und traute seinen Augen nicht. Ein Zettel! Es war ein Stück Papier in der Flasche. Jetzt wurde er richtig nervös und versuchte die Flasche zu entkorken, was ihm mangels Korkenzieher nicht gelingen konnte. Der kleine Junge in ihm rief: Hau sie doch einfach kaputt. Das tat er dann auch. Nicht ohne vorher eine Grube für die Scherben auszuscharren, damit nicht ein anderer Suchender sich verletzen konnte. Behutsam faltete er den Zettel auseinander. Mit feiner, zierlicher Handschrift stand geschrieben:

> *Liebe, Insel, Wärme, Frieden = Glück!*
> *Mehr wollte ich nie haben!*
> *Liegt's daran? Zuviel?*
>
> *…gibt's vielleicht irgendwo eine einsame Insel*
> *mit Hängematte und Strohdach?*

Er war tief berührt. Das Herz wollte ihm fast zum Hals herausspringen vor Erregung. Wenn das kein Hilferuf war! Ganz offenbar gab es ein anderes Land des Lebens, jenseits der Grenzen seines eigenen Lebens-Landes, in dem alles seine Ordnung hatte und dennoch nicht alles in Ordnung war. Und aus jenem Lande kam dieser Hilferuf. Oder war gar jemand in Seenot? Der Handschrift nach sogar ein Mädchen oder eine Frau.

Er sank verzweifelt in den Sand, weil er keine Möglichkeit sah, so schnell zu helfen wie es ihm geboten erschien. Etwas musste geschehen, das war klar. Aber was tun? Als erstes: Ruhe! Also befahl er seinen zappelnden Sinnen sich zu beruhigen, damit er in Ruhe nachdenken konnte wie zu helfen sei. Langsam wurde ihm klar, dass das Leben ihm doch wieder eine Frage gestellt hatte und zwar so, wie bisher noch nie! Es hatte ihn an eine Grenze geführt. Er wurde noch stiller und ruhiger, denn er wusste, so fand er am schnellsten und sichersten eine Antwort.

Die Gefühle, die diesem Hilferuf zugrunde lagen, kannte der Mann nur zu gut. Deshalb fügten sich seine Gedanken bald zu diesen Sätzen zusammen:

Liebe Hilfesuchende! (Du bist doch eine Frau?)

Wenn meine Antwort für Dich verständlich ist, dann hat das Schicksal Deine Nachricht dem richtigen Empfänger zugestellt. Ich hoffe das ebenso sehr, wie auch, dass meine Nachricht Dich erreicht. Ich kenne die Insel die Du suchst und ich weiss auch wo sie zu finden ist. Du findest sie nicht in den Weiten des Ozeans. Diese Insel ist in Dir. Den Weg dorthin kannst nur Du alleine finden. Ich kann Dir da leider nicht helfen. Ich sage aber wie ich sie gefunden habe, meine Insel. Ich bin stiller geworden, habe mehr nachgedacht und mich dem Schmerz gestellt, der uns oft so unerträglich erscheint, dass wir ihn ertränken, betäuben oder durch gute Gefühle zudecken möchten. Ich habe dann irgendwann die Palmenwipfel über den Horizont lugen sehen. Seitdem kenne ich den Kurs, den ich steuern muss, um hin zu gelangen.

Während er diese Zeilen mit seinem Herzblut schrieb, bedrückte ihn der Gedanke, dass da draussen auf dem weiten Ozean jemand in Not ist, so sehr, dass er beschloss ein Boot auszurüsten und die Suche aufzunehmen. Den Antwortbrief rollte er sorgfältig ein, tat ihn in eine Flasche und nahm die Flasche mit auf das Boot.

Nach einigen Tagen und Nächten auf See sichtete er im Morgengrauen auf dem spiegelglatten Meer einen winzigen Punkt. Er hielt darauf zu und fand eine Frau, die einmal sehr schön gewesen sein musste. Das Salz der See, die Sonne und der Wind hatten aber eine dicke Kruste auf dem wohl geformten Gesicht gebildet. Das macht die Erscheinung grob, uralt und abweisend. Der Mann fühlte aber, dass sich unter dieser Kruste eine aussergewöhnliche Persönlichkeit verbarg. Er fragte sie, ob sie die Absenderin der Flaschenpost sei. Sie konnte nicht fassen, dass dieser Strohhalm ihrer Hoffnung tatsächlich einen Menschen erreicht hatte. Darüber war sie ausser sich und wäre fast untergegangen, weil ihr die Rührung beinahe das Bewusstsein nahm. Wie selbstverständlich setzte er an, sie in sein Boot zu hieven und wunderte er sich nicht schlecht darüber, dass sie sich der Rettung widersetzte. Er bat sie um eine Erklärung. Sie musste sich gestehen, dass sie sich einen Retter nicht sympathischer vorstellen konnte. Deshalb war sie bereit sich zu öffnen und ihm ihre Geschichte zu erzählen.

Sie sei schon mehrere Male gerettet worden und habe jedes Mal tiefes Glück über die Rettung empfunden. Aber einmal ging das Boot mitsamt dem Retter unter, ein anderes Mal musste sich der Retter wieder zurückziehen, weil ihn an Land Pflichten erwarteten und er die Gerettete nicht mit dahin nehmen konnte. Andere Retter konnten die Schönheit und den Glanz nicht ertragen, den die Frau im Glück entfalten konnte und ergriffen die Flucht. Um dem Schmerz dieser Enttäuschungen zu entgehen, hatte die Frau für sich entschieden, lieber im Ozean treibend darauf zu hoffen, an die Insel ihrer Sehnsucht anzustranden.

Der Mann konnte das sehr gut verstehen und er wusste auch, dass er sie mit der Weisheit seiner Flaschenpost-Antwort in diesem Zustand nicht erreichen konnte. Er bot ihr deshalb an, mit seinem Boot in Ihrer Nähe zu bleiben und so zur Stelle zu sein, wenn sie in Not käme, oder sich dafür interessieren würde wie sie Ihre Insel finden könne ohne im Ozean treiben zu müssen.

So verging die Zeit und sie kamen sich näher. Sie im Wasser, er im Boot. Er bedrängt sie nicht, obschon er immer klarer durch die Salzkruste die Schönheit ihres Angesichtes gewahr wurde. Zudem konnte er von Anfang an in Ihre Seele blicken, denn davon verstand der Mann etwas.

Ganz still wuchs in Ihm eine zarte Liebe zu dieser eigenwilligen Frau, so zart und still wie er das nur von der ersten Liebe seiner Kindheit kannte. Auch die Frau musste sich mit der Zeit eingestehen, dass dieser geduldige Mann im Begriffe war ihre Blockade gegen eine neuerliche Rettung nach und nach aufzuweichen.

Als er die Zeit für gekommen hielt, begann der Mann von seinen Erfahrungen zu erzählen, von der Insel und wie jeder sie finden könne. Plötzlich, eines Tages in der frühen Morgensonne, ging ein Strahlen über das Gesicht der Frau und ein Lächeln, wie der Mann es noch nie gesehen hatte. Sie hatte offenbar schon lange nicht mehr so gestrahlt und gelächelt. Denn die Kruste fiel von ihrer Haut und ein wunderschönes junges Gesicht kam zum Vorschein. Alles an dieser lebenden Salzkruste war plötzlich weich und zart. War so wie die Empfindungen, die er über dem Warten für diese Perle entwickelt hatte, welche er unter der Salzkruste zu sehen vermeinte. Er bot ihr die Hand, sie schlang ihre weichen Arme um seinen Hals und glitt ins Boot. Er wusste, dass er weiter sehr behutsam mit ihr sein musste, denn ihre Angst vor einer erneuten Enttäuschung liess ihr Herz spürbar klopfen. Doch aus ihren Augen strahlte Klarheit, Wahrheit und Hoffnung. Er lehrte sie ihm beim Setzen und Bedienen der Segel zu helfen und zeigte ihr wie mit dem Ruder umzugehen sei. So nahmen sie Fahrt auf und folgten dem Kompasskurs, den sie gemeinsam in ihren Herzen hatten. Sie segelten durch Sturm und rauhe See, oder lagen auf glattem Wasser bei kalmen Lüften. Sie waren bereits auf ihrer Insel, die zu suchen sie unterwegs waren. Er wusste es von Anfang an. Und sie verstand es mehr und mehr, ohne dass beide je ein Wort darüber verloren hätten.

Das Märchen vom verrückten Fischer
Die Blinden ahnen nicht wovon der Sehende spricht.

Es war einmal ein armer Fischer. Der lebte mehr schlecht als recht vom Fischfang und er war der letzte Fischer in seinem Ort. Die anderen Fischer hatten den Beruf längst aufgegeben und in einer der grossen Städte einen Fabrikjob angenommen. Obwohl der Beruf des Fischers eine harte und gefährliche Arbeit ist, war er stets vergnügt und seine Augen strahlten. Er sprach immer davon, dass er in nicht all zu ferner Zeit ein wohlhabender Mann sein würde. Denn er wusste von seinem Vater, und der wusste es wieder von seinem Vater, dass in Abständen von vielen Jahren die heimischen Fischgründe von grossen Schwärmen wohlschmeckender „Okzitfische" aufgesucht würden. Dieser Fischer war ein freigiebiger Mensch und wollte alle an seinem künftigen Glück teilhaben lassen. Aber die anderen Bewohner des Städtchens hielten ihn für einen Spinner, der die alten Ammenmärchen noch als Erwachsener glaubt. Er musste sich viele spöttische Bemerkungen anhören, wenn er am Kai sass, neue Netze knüpfte und seltsame Vorrichtungen an seinem Boot anbrachte, während die anderen ihrem so genannten Freizeitvergnügen nachgingen.

Das Meer war leergefischt. Das war die Realität. Das sagten alle, auch der Pfarrer und der Bürgermeister. Wer das nicht wahrhaben wollte war nicht normal.

Hartnäckig bot unser Fischer seinen Freunden und Nachbarn an, Ihnen sein System zu erläutern. Denn Ihre Boote hatten Sie ja noch alle, auch wenn Sie damit nur noch zu Ihrem Sonntagsvergnügen hinaus fuhren, oder Reisende gegen Entgelt zur Goldenen Insel schipperten. Man war sich nicht einig, ob der Name dieser Insel vom Sonnenuntergang herrührte, der dort so wundervoll zu geniessen war, oder von den ehemals – und künftig angeblich wieder – so reichen Fischbeständen in diesen Gewässern. Einige versuchten immer wieder ihn von seinem aberwitzigen Vorhaben abzubringen und sich, wie sie, einen zwar monotonen aber sicheren Job in der Fabrik zu suchen. Darauf entgegnete er nur lächelnd: „Ich lasse mir meine Freiheit und meine Träume nicht abkaufen!"

Niemand war bereit sich seine Idee anzuhören, denn Sie wollten sich nicht mit den Hirngespinsten eines Verrückten die wertvolle Freizeit stehlen zu lassen. Nachdem ihm selbst seine Freunde die kalte Schulter zeigten (waren das Freunde?) und alle ihn nur noch

„den Verrückten" nannten, zog er sich zurück und lebte für sich in seinem kleinen Haus am Hafen. Er wurde kaum noch beachtet. Deshalb fiel es zunächst auch niemand auf, dass er wohl resigniert hatte. Oft blieb der „Verrückte" tagelang fort und legte nach seiner Rückkehr an, ohne auch nur einen einzigen Fisch aus dem Laderaum zu hieven. Dennoch war sein Boot zunehmend gepflegter und bestens ausgerüstet. Auch seine Kleidung und er selbst erschienen eleganter, als es einem erfolglosen, verwirrten Fischer zustand. Die Dorfbewohner redeten hinter seinem Rücken, dass er wohl auf die schiefe Bahn gekommen sei und man habe gehört er sei jetzt in Schmuggel und ähnliche kriminelle Sachen verwickelt. Er wurde nun offen verspottet, weil er ja offensichtlich seine abstruse Idee aufgegeben hatte, durch den Fischfang reich zu werden. Schliesslich ging man ihm aus dem Weg, als sich herumsprach, dass die schneeweisse Yacht an der Pier nicht einem Touristen, sondern dem „Verrückten" gehört. Als er dann die leer stehende Villa auf dem Kliff erwarb und ihr den Prunk und Glanz alter Tage zurückgab, predigte der Pfarrer von der Kanzel, dass Geld den Charakter verdirbt, wie man ja sieht, und der „Verrückte" dem Götzen Mammon verfallen sei. Der Bürgermeister prüfte, ob man ihm die Bürgerrechte entziehen könne. Die Männer am Stammtisch der Hafenkneipe steckten die Köpfe zusammen und beratschlagten, ob und eventuell wie, er angezeigt und eingesperrt werden könnte.

In diese Runde brachte einer der Fabrikarbeiter, ganz aufgeregt, die Nachricht, dass im Westen riesige Okzitfisch-Bestände aufgetaucht seien, und dass mit modernen Fangmethoden unglaubliche Ergebnisse erzielt würden. Ein solcher Spezialist käme bald auch in das Städtchen um den interessierten Männern das System zu erläutern. Für eine Beteiligung von nur fünf Prozent der gefangenen Fische wolle er sie schulen und beraten Ihre Boote modern auszurüsten. Ihm stünde der Erfinder des Systems zur Seite, welchen er sogar persönlich kenne. Zahlreiche Männer und Burschen meldeten sich zu dem Treffen an, denn ihnen war klar, dass das rasante Anwachsen der Fischbestände im Westen ein Zeichen für den Wahrheitsgehalt des „Ammenmärchens" war und demnach in einigen Monaten die Fischgründe der Goldenen Insel, ertragreiche Fänge auch für sie selbst möglich machen würden. Sie wollten das neue System kennen lernen, denn sie hatten ihr mühsames Handwerk ja schon fast völlig verlernt. Einige Wohlmeinende bedauerten, dass der „Verrückte" nicht durchgehalten habe bis sein Traum sich erfüllen konnte, auf legale, traditionelle Art zu Wohlstand zu gelangen. Die Dummen feixten und rieben sich die Hände – sie würden es ihm jetzt zeigen!

Die Hafenkneipe war voll an jenem Abend, als der Experte das System erläuterte. Dieser fremde Fischer war ein aufrechter Mann und seine Begeisterung zeigte, dass er von seiner Sache überzeugt war. Und das war das System:

Als Gegenleistung dafür, dass er Sie in der neuen Fangmethode ausbildete und Ihre Boote ausrüsten half, wollte er vom jedem Fang seiner Partner nur fünf Prozent haben. Er würde sie lehren, wie sie das ihrerseits neuen Partnern weitergeben könnten und sie dabei unterstützen. Dafür wollte er von deren Partnern nur noch zwei Prozent der Fänge haben und von wiederum deren Partnern nur noch ein Prozent. Ebenso sollten seine Partner verfahren. Das gehörte zu diesem System.

Einige Männer wurden unruhig, denn jeder kannte zahlreiche ehemalige Fischer, die er seinerseits als Partner gewinnen konnte. Das war genial, mehr Fische zu verkaufen als man selbst fängt! Die Verträge wurden herumgereicht. Die Dummen verstanden das System nicht, lasen mit skeptischer Miene die Bedingungen, stellten provokative Fragen und nannten das ganze einen ausgemachten Schwindel. Als die ersten sich anschickten aus Protest das Lokal zu verlassen, öffnete sich die Tür.

Der Tumult wich einer Stille, die von Flüstern und Tuscheln getragen war. Der „Verrückte" trat in die Runde, lächelnd wie immer, aufrecht und strahlend wie eh und je. Das Tuscheln schwoll an zum Raunen, als der fremde Experte den „Verrückten" begrüsste, ihm die Hand schüttelte und ihn umarmte. „Das ist der Erfinder des Systems, von dem ich Euch berichtet habe" klärte er die verdutzten Männer auf.

Die Ersten, welche die Fassung wieder gewonnen hatten, gingen auf den „Verrückten" zu, um ihm auf die Schulter zu klopfen und wortreich zu beteuern, gerade sie hätten ja immer an ihn geglaubt und warum er denn nie etwas mehr herausgelassen hätte. Plötzlich war er umringt von Nachbarn, Bekannten und ehemaligen „Freunden", die ihn beglückwünschten und ihm immer wieder versicherten, sie hätten gewusst dass er es schafft.

Er hiess sie schweigen und bestellte eine Lokalrunde, denn er liebte diese Sturköpfe, von denen er ja auch einer war – auf seine Art. Dann berichtete er:

„Nachdem ich bei Euch auf taube Ohren stiess – (Zwischenrufe: Ja hättest Du doch gleich gesagt … etc.) – auf taube Ohren stiess" führ er unbeirrt fort „besuchte ich alle Dörfer und Städtchen an der Westküste um gleichgesinnte Fischer zu finden. Und ich fand einige wenige, die Ihrerseits auch wieder einige fanden, welche das Wissen der Alten nicht für Kindermärchen hielten. Bald erkannte ich die Menschen die ich suchte, schon an Ihrem aufrechten Gang und dem Strahlen Ihrer Augen. Die Zusammenarbeit beflügelte mich und so wurde ich immer perfekter und gab all mein Wissen freizügig an meine neuen Partner weiter. So nun wisst Ihr das ganze Geheimnis. Die Entscheidung in das System einzusteigen kann ich Euch aber nicht abnehmen. Ich wünsche Euch eine unruhige Nacht."

Mit diesen Worten wandte er sich dem „Experten" zu, wechselte noch einige Sätze mit Ihm und verliess das Lokal, nicht ohne die Zeche und ein ordentliches Trinkgeld gezahlt zu haben.

Am nächsten Tag machten ihm der Bürgermeister und der Pfarrer Ihre Aufwartung. Sie liessen Ihre Augen in der Villa spazieren gehen und beglückwünschten ihn. Der Bürgermeister brachte seinen Stolz auf den grossen Sohn der Stadt zum Ausdruck. Der Pfarrer segnete ihn und wurde nicht müde zu erwähnen, dass es durch das Kirchendach regnet und alle Bürger aufgerufen sind eine angemessene Spende für die Reparatur zu geben. Dann, ganz ergeben und untertänig (sie konnten es sich einfach nicht verkneifen), sagte der Bürgermeister: „Aber Du musst doch zugeben, Du hattest auch Glück. Wir meinen, dass die Fische tatsächlich gekommen sind …" – „ … Gott uns mit dieser Gabe doch noch segnet" ergänzte der Pfarrer."

Der „Verrückte" lächelte strahlend – wie immer: „Ihr habt recht. Ich war nur am rechten Ort zur rechten Zeit und habe fortgesetzt das Richtige getan. Ich hatte das Glück des Tüchtigen."

Und wenn er nicht gestorben ist dann tut er das noch heute.

Gedanken und Aphorismen

Kuscheln

Kuscheln ist so wunderschön!
Wo ist der Holzhammer
Um den Wecker zu
zermantschen?!

Liebe und Sünde

Jesus hat uns ein göttliches Gesetz gelehrt,
das alle Gebote beinhaltet:
Liebe!
Die katholische Kirche
will uns vor Sünden bewahren
die wir ohne sie nicht kennen würden.

Menschlich

Sex als Krönung der Liebe ist göttlich.
Liebe als Vorwand für Sex ist menschlich.

Triebe

Lebe deine Triebe,
aber lass dich nicht von deinen Trieben leben!

Bienenmänner

Männer möchten sein wie Bienen.
Von Blüte zu Blüte schwirren
um sie zu befruchten.

Abstand

Verliebtheit braucht Nähe.
Liebe braucht Distanz.

Geliebt werden und lieben

Geliebt zu werden vermittelt das sichere Gefühl
man könne sich in der Beziehung gehen lassen
und sich ohne schlechtes Gewissen so geben wie man ist.

Zu lieben heisst:
Sich dennoch nicht gehen zu lassen.

Dünger

Neue Liebe gedeiht auf dem Humus
unserer gestorbenen Beziehungen.

Rar

Ist die gütige alte Grossmutter so rar,
weil es zu wenig gütige junge Frauen gibt?

Möglich

Der Realist sagt: Das ist unmöglich!

Der Pessimist kommentiert:
Ich sagte es doch schon immer!

Der Optimist sagt:
Es scheint in der Tat sehr schwer, aber ich will es wagen.

Demut

Demütigungen die Dir andere zufügen
machen Dich klein.
Demütigungen die Du Dir selbst zufügst
machen Dich grösser.
Demütigungen die Dir Gott zufügt
bewahren Dich vor dem Glauben gross zu sein.

Erfahrungen

Fehler der Vergangenheit,
Demütig reflektiert,
Werden wertvolle Erfahrungen
Für die Zukunft.

Beziehungs-Wachstum

Ignorieren

Verurteilen

Beurteilen

Akzeptieren

Lieben

Der Sinn des Lebens

Warum sind wir hier auf dieser Welt?
Wer hat die Frage nicht gestellt?

Die Erleuchtung kam mir eben!
Um zu leben!

Wahrheit

Ich habe meine Wahrheit.
Du hast Deine Wahrheit.
Gott hat *die* Wahrheit.

Und Gott ist das Licht.
Und das Licht ist Liebe.
Und die Liebe ist Wahrheit.

Bildung

Allgemeinbildung erheischt Respekt.
Herzensbildung verströmt Wärme.

Emanzipation

das schwarze Schaf
legt sich mit dem Hund an
wird sein Freund
verlässt den Pferch
wird ein Wolf

Bedenke Lästerer

lästerst Du mit einem Mitmensch
über einen Drittmensch
so bedenke – Mitmensch
auch Du bist Drittmensch!

Lernen

Kluge Menschen lernen von anderen.

Weniger Kluge lernen durch Schaden und Spott.

Die Dummen lernen überhaupt nichts,
denn sie wissen schon alles besser.

Autor unbekannt

Epilog

Rückblickend stelle ich fest, dass ich mich stets bemüht habe von anderen zu lernen. Ich habe Bücher und Newsletters gelesen, Workshops und Seminare besucht und aufmerksam mitnotiert, wenn erfahrene Menschen gesprochen haben. Therapeuten und Berater habe ich konsultiert um mich dahingehend zu verändern, dass ich mit meiner Lebensführung einverstanden sein kann. Ich habe mich verändert, bis zu einem Punkt, an dem sich mir die Frage aufdrängte: Bist das eigentlich noch du?

Ich möchte mir gerne damit schmeicheln, dass ich deshalb zu den Klugen gehöre. Frage ich mich jedoch was ich in die Tat umgesetzt habe, so komme ich nicht umhin zu bekennen, dass ich offensichtlich zu der Gruppe der weniger Klugen gehöre.

Eine wichtige Lernaufgabe für den Rest meines Lebens besteht für mich nun darin, meine ureigensten Interessen zu erkennen und konsequent wahr zu nehmen, auch wenn ich das Gefühl habe es könne die Harmonie stören. Deshalb kann ich „Kind" bleiben, ich muss nur ein egoistischeres und wehrhafteres „Kind" werden – auch zum Wohle anderer. Egoistisch bedeutet, in diesem Zusammenhang, mich selbst zu lieben. Nur dann kann ich andere wirklich lieben.

Solltest Du Dich nach der Lektüre dieses Buch ermuntert fühlen, das, finanziell und sozial, sichere Ufer einer glücklosen Beziehung zu verlassen, um Dich in den Strom des Lebens zu begeben, so bedenke: Das grösste Problem nimmst Du immer mit: Dich! Ein Fortschritt ist nur möglich, wenn Du bereit bist an Dir zu arbeiten. Alle Fehler und Versäumnisse dem Partner anzurechnen und ihn ändern zu wollen, führt immer wieder in die gleiche Sackgasse.

Willst Du die Dinge ändern, musst Du Dich ändern.

Jim Rohn